常世の時軸

鎌田東二

思潮社

常世の時軸

鎌田東二

思潮社

常世の時軸

鎌田東二

目次

Ⅱ　常世行

III　時じくのかくの実

装幀＝思潮社装幀室

常世の時軸

夏至線が罅割れてゆく　氷河期と

悲の岬

月光は黄泉路を越えてきた。満月を串刺しにしたまま血を舐めている処刑台の山猫は何に向かって吼えているのか。月夜に還ってゆく何処の島がある。故郷への道は塞がれたまま魂の難民は国境線で不安と恐怖の夜に怯える。全世界を覆う電脳もこの怖れの暗渠をほぐすことはできない。絶対零度の深海闇夜。癒しなどどこにもないのだ。救いがあるとすれば無力に震える独りの夜を無為に過ごすのを見届ける自己があることのみ。深遠を呼び覚ますモノが存在するとしたら黄泉路を越えて自己を突き通す無限遠点のまなざしと意思を植えつけたこと。超越の波動が悲の受精卵を苦の岬から突き落とす。満月に向かって悲しく聳え立つ母之理主《モノリス》よ応答せよ応答せよ応答せよ！

I　時の断片

1

身に着けているのは機械それも話。行方知れずの未来。理科室の実験台の上で少年は突然涙を零した。世界がこのようにあることの不思議と必然に突如目覚めたのだ。春が来ていたが帰りが遅くなるからといって洞窟に戻っていった。帰るところなんてどこにもないのに。広場の淵から聖歌隊が奈落に向かって歌いながら墜ちて行ったハレルヤハレルーヤと歌いながら。こうして細胞にひとつの昏い種子情報を閉じ込めた。天国は近い。すべてがつながりながら変容している妙趣不可思議。過去未然形未来過去形現在終身刑。細胞核から飛び出した電子端末に鑰を渡して蓋をした。秘蔵宝鑰。港に玉声を注ぎ込みながら星を毟り取って口一杯に頬張った。世界は流通の渦。睡眠の暁から地平線の闇が溶融する天使の羽を持っていたサイボーグ少女。往けるところまで往ってみようと手をつないで天の浮橋から身を投げた。身に付けているのは機会それも噺。行方不明の魂。

2

イタコは発光色の柱廊となって天空に手を差し伸べた。宇曽利湖の水が竜巻と化し緑星に吸い込まれてゆくこの世ならざる光景を一緒に視ていた。どこまで往けば地獄に行き着くのか。鋭い突起に刻印された岩石の門を三日月が滑り墜ちてゆく。砂と水に記された記憶をほどいてゆく指はない。救いを必要としているのは羯磨だったのに。けれどいつだって救われてあったのに。日が昇るまでの時の距離を忘れ果てて眠れぬ夜を過ごした。忘れようとしても想い出せない苦しみが地下水に染みて星の雫となる。涙だって渇き果てたのに。天を瞶める眼が揺らいでいる。光はどこまで屈折しても光。記憶を距離で割って時の欠片を飲む。イタコの星は今宵も切なく光る。死者はみな流星となって無方の彼方へ飛び去っていった。後に残されたいのちあるものの生の澱みを呑み込んでふくよかに笑う者。さようなら愛しの君よ。

3

夢が崩れてゆく雲の峰から大鷲は飛来した。世界の暁を告げる鐘は震魂のコードを食いちぎって逃げた。何処へ往くのかエクソダス。見えるものだけを信じるのではないと誓ったはずだ。行方を知らすベルは死者の手の中で凍えている。愛していると言ってほしかったんだ。心からそれを待ち望んでいたのに。見えるものだけを信じているわけではないと流星は言った。風雅はかぐや姫からサタンまでを包み込んで融ける。見上げる虹の中のフルムーン。思い出は突如雷鳴となって天空を切り抜く。人混みの中に逃げていく犯人はどのようにしても逃れられない神の手に後ろ髪を摑まれてもがく。魚眼の奥からマゼラン星雲が拡がる。息もできないほど天悉のことを愛していた。誰にも知られずに去っていった魚の鱗の孤独。死の国が遠くにあると思っていた日々がこれほど遠く感じられるとは。思い出だけが地上界の恩寵であったのに。すべてはこの世ならざるものの顕現。欠魂のマニフェストを怖れるな。死者だけが見えないわけではないのだ。何処までも遠くまで往こうと走りつづけている丹塗り矢の君。大鷲は地球のマグマを鋭い嘴で食いちぎった。夢はすでにもうひとつのこの世なのだ。

4

夢に見た井戸の中の死顔はいつか知れず行方不明。飛び出す一車線の超越を駆け抜ける密儀は崩落した。青空を切り取って啄んでいる八咫烏が目指す方向は西方浄土ならぬ砂漠の地。還ることができぬ難民の漂流が始まる。けれどどこでだって生きていける。生きていればいいのだ。生きてさえいれば夢が現実を越境して世界を変える。織物のように世界を取り込み息をする。見つめる瞳が遺灰で白くなるまで時のしるしを読む。巫女は羽衣を棚引かせつつ旅する。その間廃墟は舌を出して横たわったまま。水は涸れたが水脈は切れてはいない。雌伏五千年の文明の逆襲が始まる。至福千年王国は誰の眼にもしかとは見えぬが遠い未知より悉有を見つめている。

5

火入れ式は終わった。地を這う蟻は火の中で蠢き叫んだ。誰が火を投げ入れたのか。答えはなかった。燃え盛る火の爆ぜる音と沈黙が地を覆った。なぜ誰も何も答えない。一匹の蟻は火の中で呼ばわった。火を創った神がいるならば神よ答えよ。汝は世界を焼き尽くすために火を創ったのか。悉皆焼尽運命に導き入れるために。存在理由てふ空白。天空に黒龍が爪を拡げ隙間から青空が望み見えたがどんな声もなかった。風が吹き火は燃え続け黒煙は黙々と蒼穹を焦がすばかり。もはや一匹の蟻の声も聴こえなくなった。この世界には誰がいるのか何がおるのか神隠れたるモノよ。

6

水の欄干を雷鳴が砕く。朽ちた橋は割れて暗黒星雲となる。恋しさを隠して島に渡る花嫁が帰るところはない。許すことの出来ない時を分割して火を放って封印した。もう誰もいなくなった鬼も神も人も。戻っていく銀河はない。ゆるやかに宇宙は滅ぶ。子供らの週末はいつも終末。渡ることのできない帰らざる河よ。星を摑んで空いっぱいに撒き散らした日々は永遠に戻らぬ夢。罅割れた卵子が刻む鼓動は乾坤一擲南十字星を望む。誰が来てもお茶いっぱい出ない蛇口が脳幹に接続された。方程式は崩壊して座標軸を失う。死者の右腕は時の王子を乗せて彷徨う。花嫁を探す左腕は空を切って子午線上に消えた。子供らの終末はいつも週末。

7

いつか知れず道に落ちていたレンズを踏みしだいた時突然光が炸裂し四方八方に飛び散った。レンズは発光体となって空に浮かび虹を呼び出した。その虹に七色の文字で今にも落ちそうになっている空を救えと書いてあるのが見えた。みなし児がその虹の文字を摑んで口に入れた。途端に流星となって飛び散った。どこまでも落ちて往こうこの重力に牽かれて。魂は熱風となって宇宙を駆け抜けた。夜汽車は北の果てを昇って行って裏返しの空を落下した。さよならは言わないよいつも返って来る声はまた会おうと叫んだまま消えた。どこでいつ会えるのか哀しくなって天の川に手を突っ込んでムシャムシャと星を噛み砕き夜叉のように燃え墜ちていった。シモーヌ声字の重力がどこまでも屋台を引き上げるから。精神は高みに向かって落ちると天女は託宣した。北極星の言語重力に引かれて高みに墜ちる。さよならは言わないまた会おう。

8

平謝りに謝るばかりの水辺に首の長い女が片手で逆立ちをしていた。左手の一点が消えて収縮と膨張を繰り返した後に炸裂した。これが存在の愛よ女は叫んだ。吸い込まれるような声だった。大いなる存在の深みよ善も悪も生みなしたみなもと。汝を名づける何もない深淵よ。声は途切れ空は裂け星の臓腑が飛び散った。閃光のような血と流星。童子は子供を産まない眼鏡を懸けて宇宙に消えた。誰も赦しを乞わなかったが恥の隕石が肺腑をぶちぬいて産卵したまま北極海に溺れた。還ってゆく入り江に夕陽が火柱を噴き上げて軍船をすべて呑み込んだ。女の喉仏が水の中から声を放って潮時だと言った。誰もがそう思ったが終わる術を持たなかった。もう誰ひとり散乱しない夜に泣いた。

9

帆柱をま青に押し立てて滑るように補陀洛船は奔った。蜻蛉が空を切った。鮮やかに垣間見えた観音浄土を目指し。秋陽柔包の靄。譬えようのない至福の時。どこまでも蒼き海原を往く。しかし念悲観音力補陀洛船は何時になっても浄土に行き着くことはなかった。かえって奈落へと堕ちていった。そう仏説ながら補陀洛浄土は存在しないのだ。そこにあるのは腐堕落都会。永劫の六道渡海船は逃亡の奴隷船と化した。捕らえられた囚人は全業を呪って叫んだ。こんな自分に誰がした。だが他の誰でもない自分。自分が自分にしでかしたのだ。全羅究極の自業自得。すべての関係性が反射し合い万華鏡のように緻密に入り組んで関係層面を露す。行く先は彼岸と雁は言った。しかし彼岸はついに悲願でしかなかった。永遠に届くことはなかった。どこにも行き着くことも帰り着くこともなかったのだ。かくして帆柱を真っ赤に燻らせてよろめくように腐堕落船はつんのめったのである。奈落へ堕落へと。腐堕落渡海の燃えるような希望に満ちて。南の海常世へと。

10

天空に埋め込まれた地雷を飲み込んで鯨は星間トンネルを行く。密は鯨の父から引き抜いた剣を持って闇を切り裂く。失われた時は喪われたわけではない。思い出すことを忘れただけ。思い出せ思い出せ思い出せ万象の星。想い出せ想い出せ想い出せ森羅のいのち。天の川が足の裏から頭の先までさらさらと流れている。天河大辨財天。思い出すのだ銀河の水音。失われた時は喪われたわけではない。思い出すことを忘れただけ。忘れることが唯一地上の学び。だが思い出すことは天上無上の学び。今はその天上の学びに出かける時。想い出せ想い出せ想い出せ森羅万象萬歳星の祈りを。

11

水が火に転じるところ風が土に変じるところそんな物質の果てと境を旅する今生では。空を伝う流星は生死の行方を告げ知らせ未知なる海の響きに耳を傾ける。誓い合った未来は星の数ほどあれど光り輝くまでに進化した夢は少ない。沈黙のうちに夜が降りて来る足音を子守唄として眠った日々。誰もが入り込めぬ秘密の部屋で出会った記憶の数々を語り明かさぬまま旅立ってゆく。行く先は告げぬ。けれど探知可能な頓声の岬。そのような空と海と陸が出会うこの世の果てに立って静かに亡星の思い出を歌いつつ夢の天地果つるところを指さす。

12

外れた顎をはずしたまま電車に飛び乗って有楽町へ行った無数の始祖鳥は行方不明。懐に無精卵を入れたまま入水自殺した血のつながりのない妹たちよ。鳥シャーマンの末裔は末期の眼を以って啼く。もう生きていても無駄死ぬしかないのよと。鳥たちはしかし一斉に屠殺処理され廃棄される。供養も糞もない。無縁仏のいのちは啼き暮れる。こうこうこう。魂求ぎの吃声をふりしぼって。乞う乞う乞う。魂乞いの叫びを挙げて。世界は死線を彷徨い墜落の淵で喘いでいる。有楽町は無限停電する。妹たちの懐から鳥シャーマンの始祖の呼び声が聴こえる。空の汀。この世とあの世の境なす黄泉路幽けき異次元の海と空を渡りて繋ぐ八咫烏のアクア跳躍。逝け往くのだ渚へ。世の境なす夢の水際へ。南無鳥陀仏南無不死鳥陀佛。

13

山高帽は熱砂星の目玉を喰らって逃げた。銀河燈台守の下着が盗まれた北極の夜に失禁する愛の金絆を抱えたまま。利子は何時になっても減ることも増えることもなく亡霊のように佇んでいた。あかぎれの手をこすって点火しろと怒鳴る電信柱は恋する。誘惑とは錬金術の愛の光学。鵺変化身を何枚も繰り出して市外を疾走する旧石器人への熱砂の愛。丸木舟を背負った夕闇に迫る波音に目覚める黄昏の女の耳朶に陽炎の立つ春の叫びに臓腑を食い破られて息絶えた姉娘の前に山のように盛られた生首と目玉を頬張って熱砂山高帽の星は熱烈逃走頓挫する。

14

不知火の鏡の国に火を点けて餓鬼阿弥陀仏頬張っている金星少女は啼いた。口から椋鳥の羽を噴き出して。捥ぎ取られた翼が口腔から燃え拡がった。行方はどこまでも不明の隧道。灯りも希望もない洗濯挟みの夢の雫が黒髪を濡らす。手術台に海が打ち寄せ牙を剝き出して天に吼えた。闇夜の波間を少年の自転車が転げ落ちてゆく。無重力の転落。人知れず泣いてくれた伯母は墓前の線香を鷲摑みにして五月雨流星となって共に墜ちた。観音菩薩のような深い帰依の無底の底から宇宙が始まるまで業の網の目を配達する。何時まで経っても業火は消えないが確かに時のままに哀しみと共苦の歌声は高まってゆく。歌え歌うのだ時の証しを。絶滅を回避する朱鷺の声を。

15

七夕の夜稲妻の男と女がよっぴいて吹き荒れた。そのため墓に去来した大黒柱が十二本倒れて管を巻いた。再生不可能と刑事の入れ歯が哄った。マンドリンは哀しげに森の中に分け入って運命の声に耳順う。人知れず行方不明になっている男女は心中天の網島から観音浄土に渡ることができたという物語に耳を傾けるわけではない。滴る夜汽車は肝臓のスタンドバーで睡ったまま埋葬される。十二両編成の夜汽車が夜の墓場を疾走する。誰も乗せない誰も乗らない誰も運ばないそして誰も近づくことができない。がゆえに無限遠点と交信する鳥が必要なのだ。翼を拡げる端からユーラシアが黄昏れて恒星が瞬く。見えないものが見えるところ聴こえないものが聴こえる

ところ。天然頭文字が火を噴いて名前を責め殺した。意味を失った
ものこそもっとも深い意味の臥所にあって不眠不休で生を壽ぐ。人
生は逆説に充ちている。そうかもしれないそうでないかもしれない。
避雷針は行方不明のまま雷光を待ちわびて昇天し罪を問われるまで
もなく天の蛇を呑み込んだ。

16

仄めかす物音に獅子の涙が光った。出口なしの眼球が天空にあって睥睨した。約束の地は枯れ果てて林檎も実も成らない。芯の中から凍てつく絶世銀河を行方不明の夜汽車が流浪する。信じられぬ暗黒のマリアよ。口唇に滴る星屑を銀の鱗粉のようにまぶして龍と共に翔ける。汝の沈黙に昏れ泥む地平線を疾走する白馬は何処の騎士を載せて没落するのか。近づくことさえ赦されぬ情熱の牢獄。鎖を外すそばから禁門の航海に漕ぎ出す。彼岸は未だし。神の国の雄弁は虚しく渚に打ち寄せては返す。もはや還るところはないOne Way。ただひたすら往くのみ。

17

地の睡り。眼球に植え込まれた種子の峠から宇宙は始まる。原水が満ちて来て甕を満たす。夜は長いが待つだけの時と価値はあった。存在と時間の中に降り込める夕立。稲妻に乗って降臨した猿の未来に開いている水門に手をかけるのは誰か。尻拭いの瞳は矢も盾もたまらず失禁して禁断の実を食い破る。掟という掟が崩れた後で建立される極楽浄土に道は無い。在るはずのないところに無いはずの天水と賢者の石が浮かぶ星の海を旅した。結末のない物語を語る舌は死の影に暗く染まりながら血を流す。行く末に雷鳴が轟き超越の鳥とともに異界へと超虎する。

18

菱形の夜明けに万華鏡が揺らぐ。混沌の中から発ち上がる発砲スチロールの夢。原野は今日も屋上に拡がっているが誰も見向きもしない。到着する者も出発する者も顔を見合わせて挨拶をする者はいない。生者と死者の左手と左足が絡まっているというのに。雪の中を淋しげに蝙蝠傘を差した最果て銀河鉄道が往く。宇宙の夜明けの冥さは格別だ。寂蒔寂寥が津波のように押し寄せて胸郭を抉じ開ける。喉元まで祈りの言葉が出ているが声に出す暇もなく黄昏れて行く。日暮れて道遠し。死者の睡る棺を叩いて廻ろう百万の夜と夜との間を。

19

死海。岬の垂線に鮮虹が立った。龍と蛇が這い上がっていったが天まで届かず真っ逆さまに墜落した。番犬は無事だったかと問うたヒヤシンスが未来発信した幽霊メールが衝撃を与えた。窒息しそうなほど蜜蜂のことを思い詰めた夜。流星に乗って天落へ落飾し続けた。疾走に継ぐ失踪によりＳＯＳは到着せず受信不可能のまま地球軌道を魂速で回転し続けたがいつまでもどこまでも霧は晴れない。豊かな夕暮れを待ち望む顔顔顔の列柱を回転木馬が踏み潰してゆく。死海通過とルリアは云った。そのとおり天は唸って天気輪の中からさらなる暗黒星を撒き散らした。行く先不明の切手が貼られたまま。死体は丸ごと梱包されていない。身元引受人もいない。全部引き受けたると大音声の雷鳴が轟く中蒼ざめた額に炸裂した雷光が燃え上がり全世界に飛び火した。だがしかしＳＯＳＳＯＳ送受信ともに不能。不可逆的に絶対不能。

20

どこまでも染め抜いた青に埋没する常世からの使者は青蛙とともに黄泉返る。波間に漂う瞬間湯沸かし器が沸騰して常滑銀河鉄道を呼び寄せ死者と交換する。禊。天空より舞い降りる橘の馥郁たる実と香りと果汁。時軸の香くの木の実を白鳥が銜えて急降下する。急ぎ抜き手を切って飛び上がり白鳥とともに群青の中に没する。埋葬のような蒼の陶酔。どこまでも青の葬列が続き陸も海もないただただの青青青。身も心も橋となって果てる真青。弥栄波照間。絶海の常世の青の渦に荘厳されたマレビトはひたすら南無讃宝往来する。

21

絹糸の調べが惑星捜査船を凍りつかせた。電子レンジを標的にして回転木馬は垂直ワープする。視えなくなるまで聴こえなくなるまで五感のすべてが感じなくなるまで政府の公式見解を咀嚼して跳梁した。この世紀はニンゲンの解体を要請していると科学者は主張しそれゆえに超人をとアナウンスした孤独な哲学者は乗り越えるべきジンカンに届くことなく事切れた。幽冥界の昼下がり迷子になったエグザイルの遁星を探してパルサーセカンド東の海を往く。

22

蛸となって海を見ていた。打ち寄せる波吸い込まれる渦。世界創生の始まりの時軸。凧となって見ていたこの惑星の消滅。譬えようのない美しい爆発繚乱の渦。逃げることのできない存在世界多様消滅。爆風に煽られ燃え上がりながら煩悩即菩提存在即神秘と喚いていた。凧と揚げる声明祝詞真言陀羅尼聖句俳句聖歌を喉切り裂いて詠う宇宙塵の舌にしゃぶられて散逸曼陀羅。いつの間にか昇天しているこの世の果てにいて蛸となって海を見ていた新しい産みの歌を。

23

春雷の手を噛み砕く唇から花が咲き乱れた。見上げた空に向かって真一文字に落下していく魂は上昇気流に乗っているような恍惚とした表情を浮かべていた。この重力圏域においては上昇とは宇宙への落下にほかならない。外部というものを持たない母が無底の身を開いて永遠を待ち受けていた。死とは子宮の入り口なのよと雷鳴のように鳴り響いた。暗黒とは方向がないということかあるいは無方向ではなく全方向ということか。すべてに向かって閉じていることと全てに向かって開いていることが暗黒の宇宙では同じことである。死ぬことが生きることなのよ生きることが死ぬことなのよ。右耳から聴いた言葉が左耳からするりと抜け出て行く時に反転が起こる。

生命は三差路ねじれだから。螺旋運動によって凜々しく押し出されているから。すべての原子から北斗星雲に至るまで。渦巻く旋風が眼球に植わっている。お母さん眩暈がするほど大きいよ。密星は存在という別名だった。秘密真言。天橋立から熊野灘常世まで一足飛びに飛んで視たあの夜。落下が上昇であったあの永劫回帰する朝。

Ⅱ　常世行

常世へ

くれないに燃え果てるまで生き通し　常世の境越えてゆくらむ
うつしみの身はひとひらの蝶と化し　闇夜の空をこえわたりゆく

水の音とともにかすれゆく記憶
天にはふたまたの大鳥がいて
象の肺腑を覗き込んでいる

沁み込んでいく入日を受ける
朝日の食卓に並べられた色鮮やかな蓴菜も
今日の記憶を辿ろうとしても

〈忘れようとしても想い出せない〉日々

哀しみのトレモロ
着の身のままでまっすぐに生きて来た人びとともに潮風に吹かれ
この世にあるひとときを
凪の海を見て過ごす

けれどもすぐにまた
荒れ狂う風乱の神々
額づいて唱える乱声の祝詞さえも
千々に途切れて微声となって止む
〈光陰矢の如し〉

旅人に還る所はない
故郷を失くした流浪者は

はたして旅人といえるのだろうか
地下水脈の行方に耳を澄ましながら
明日が生まれてくる産声の予兆を聴く

しかし
　何ものも生ぜず
　　何ものも滅することもない

　　　不生不滅
　　　　不増不減
　　　　　定常宇宙

エントロピーさえも風と共に去りぬ、　か

やがて静かに起き出してくるモナドたち
眠れる獅子どもの首に数珠つなぎになった
ヒト細胞群の飛散する蒼穹は
星雲の彼方からの呼び声に応じて木霊する

SOS
SOS

スピリット・オープン・スペース
サブジェクト・オブジェクト・ソリチュード
と

モールス信号のようにまたたく太陽の眸

もうこれ以上の願いを語ることは

許されぬとしても
許されぬ闇の希望とともにある

　往ける者
　　逝けるモノたちよ

この世にはもはや
持ち運びできる塵一つない
落剝された時間と空間の不定の渚に
ただ
泡の如く浮かび
　を待つ
ひたすらに待ち　望む

月虧けて

月虧けて満ち来るものあり汝はたれそ　人問はぬ石を抱きて睡る

満天の星は北を指して翔ぶ　汝が羅針盤は何処の空を

悲の器　容れる悲なし　それほどに　青き悲の果て　観音岬

天どこまでも昏みゆく秋なれば　石英の聲　谷下りゆく

死海往生――佐藤西行VS鎌田東行歌合

1

西行：よしの山　こぞのしをりの道かへて　まだ見ぬかたの　花をたづねん

東行：花祭り　鬼さえ鬼と知らずとて　まだ見ぬ君の　天の乳房か

2

西行：年たけて　またこゆべしと思ひきや　命なりけり　小夜の中山

東行：いのちはてて　超えてゆくらむ奥山を　照らせ今宵の　不死の新月

3

西行：心なき　身にもあはれは知られけり　鴫立つ沢の　秋の夕暮

東行：身も心も　尽き果ててなお　秋の気配ぞ　立ち惑いける

4

西行：仏には桜の花を奉れ　我後の世を人弔はば

東行：仏には仏の道の巡り花　神には神の魂寄りの歌

5

西行：願はくは　花の下にて春死なむ　そのきさらぎの　望月の頃

東行：願うても願うてもうち砕かれて　木端微塵の流星の人よ

6

西行：身を捨つる　人はまことに捨つるかは　捨てぬ人こそ　捨つるなりけれ

東行：捨つるべき　何ごとのあるや花時雨　道なき道に　拾う神あり

めざめ

降り注いでくる槍
　見上げると
　　点滅していた
　　　奥宮も燃えていた
顕微鏡を覗き込む瞳の中で星雲が爆発し
蟻が甘納豆を食い潰していた
　小さな密会現場
　　呼吸が消える

元始
生まれてくる前の声を届けに
　闇の中をまさぐり
　　出遭ったモノたち

洞窟の中で死者は目覚めた

一日過ぎたら戻れない

と悉皆は瞬く
死者は明日の夢を食べて今日を生き延びる
帰ってきてくれ　早く

連禱の海の中で喘いでいた
知られざる岬に立って投身するのは誰か
　八雲よ

曇天を鉞で割って雷光を切り出した
視た　確かに
　そのしるしを

　　一日過ぎたら戻れない

甦るモノはない
死者は目覚めたが行き先不明のまま漂流している
　流浪するたましいの影

天に届くばかりの雷鳴に撃たれて木っ端微塵に炸裂した

どこにも行かぬよ
どこにも行けないから

止めるための理由と使命を呑み込んで地蔵菩薩は沈没した

稲妻と驟雨
空が割れてもやしの束で満たされた

寄り着く岸辺もなく
　行先も告げず
　　常世舟は出向したまま行方不明

　帰ることはない
　行くこともない

一日過ぎたら戻らない
洞窟の中で時は目覚めた

Ⅲ　時じくのかくの実

1

探すために生きてきた。森の奥に鳥居があった。死者の身体は半ば崩れ落ちていた。生きているだけでよかった。風さえ死に絶えていたから。娘の耳は死者の玄関。大理石は水を飲みながら笑った。遠方から死者がきて鏡を置いて行った。日は沈んだが黄泉帰らなかった。誰のために死んだのか。忘れることのできないミイラ食みは十一日間眠ったままだった。朝水が呼んでいた。誰もが死に水と思った。蛇のように地面を這ってきて口を覆った。天が裂ける地が割れる。振動の波の中で笑いながら死者は眠った。永遠の眠りさようなら遠ざかってゆく風景。死んでいくということはこのように風に吹かれることだったのだ。風は忘却の使徒郷愁の導師。風に吹かれながら泣いたただ泣いた。

2

話したくても言葉にならなかった。岬の天気はまっすぐに死んでいた。葬儀は簡単だった。空に向かって指を二本立てるだけで終わったから。けれど話したくても言葉にならなかった。涙だけが死者の言葉だったのだ。鳥が二羽十文字に飛び立った。海の彼方から押し寄せるものがあった。少年の自転車が四十五度傾きながら天に向かって叫んだ。僕を愛してくれ。波は圧倒的に波だった高く高く。悲劇を救うための鍵は洞窟の中に贈られてきた。涙だけが死者の合言葉。母の麦藁帽子を被って丘の上で少しだけ眠った。眠りは洞窟に入る鍵であり鍵は涙の言葉。僕を愛してくれ。鳥文字を引き裂きながら少年は飛んだ高く高く。岬の天気はまっすぐに立ったまま死んでいた。文字となった少年を抱いて。葬儀は簡単だった。空に向かって指を二本立てるだけで終わったから。高く高く。

3

愛にまだ名前がなかった頃幸せだった。冠はどこまでも高く輝き空に届いた。いつも泉から湧き出す手紙を読んではほほ笑んでいた。恐れるものは何もなかった。どこまでも遠くまで往こう。祝福のコーラスに包まれて眠った。突然のことだった。真っ暗な雲が襲った。何も見えなかった。探して探して探して探した。何も見出せなかった。見えない闇の中で互いに届くために言葉を鑽り出した。闇の中でともしびをかざすように。しかし言葉とは距離と差異の追認。届かぬ思いの確認。光を消し去る黒点。永遠の探索。愛にまだ名前がなかった頃僕たちは幸せだった。

4

Aルチア今は東に曲がってはならない。東の聖域には青龍がいる北を往け。暗号を解くためには秘愛が必要。愛は世界暗号を読み解き変化させる魔術。こわれてありがとうといえるか。壊れてしまった世界を前にして壊れてしまった自分がそれでもありがとうと言える場所に連れ出されうるか。ニンゲンはこわれやすいのかこわれにくいのかよくわからない。天空に突き上げられた手は血まみれたまま指はさみしく枯れていた。自転車は九十度に真っぷたつに折れて壊れて死んだ。二十歳になって桜の樹の根元を掘り起こすだろう。その時屍体は成長しているだろう。けれども掘り起こす僕は昔のまま。こわれることがないまでにこわれてしまった。枯れ落ちてゆく髪の毛の根元は戦場だった。生首を背負って僕は海遍路に出た。地の果てに行き着いた。そこにこわれたものが独り立ってじっと見つめていた。ぼくだった。懐かしさと哀しさに撃たれて涙した。僕はぼくと合うためにぼくを殺した。空はどこまでも抜けるように青く腹いっぱいに流れ星を抱えていた。

5

梨の実を持った天笠が逆さ吊りになっている坂を歩いているうちにふいにこの世のどこにも帰るところがないのだと悟った。瞬間首がねじ切れて落ちた。ころころと坂道を転がっていきながら死んで帰っていく場所も失くしてしまったのだとかなしくなった。星を拾って齧るとカリンと乾いた音がした。器官がバラバラに分解されて中空をさ迷った。闇だけが包んでくれる救ってくれる。そこにはいかなる距離もない。無限大と無限小が等価値。光は一秒間に三十万キロの宇宙空間を直進する。光は距離の測定器であり橋。だが闇においてはいかなる他者も差異も識別できない。闇はすべてを隠し全てを消し去る。その闇の中でのみ僕は憩った。

6

河の辺に蛇が立っていて杭のように睨んだ。風が垂直に降りてきて渦巻きの谷を作った。南へ南へと急いだが誰もどこへも行き着かなかった。急に星を食べたくなったが砂漠に天の川はなかった。逆立ちした隊商の足の上を流星が火を噴きながら墜ちていった。Aルチアよと天の声がした。海からは遠く陸からも遠くこの世の果てにやってきた。もはやどこにも誰もおまえを知るものはいない。見えない世界が見えるところまでやってきた。向こうに大きな滝がある。天地を貫く龍巻のようなその滝はすべての星の死骸でできている。ここまで来た者はその死骸になるのだ。天の川はこの世の果てから向こう側に身を投げいれた孤独な魂の死骸からできている。さあ飛べ星になるのだ星になってその身を焼き尽くして輝くのだルチアよさあ飛べ。河の辺に蛇が立っていて杭のような目で俺を睨んだ。突然風が吹いてきて渦巻きの谷と化した。南へ南へと急いだ。そしてついにこの世の果てに行き着いた。喉の渇きに耐えかねて禁断の星を両手につかんでむさぼり食った。口から火を噴きながら流星が奈落に向かっていっさんに墜ちていった。

7

その夜鳥首峠に雷が落ちた。赤目貝が粉々に砕けて瞳の中で産卵した。窓の外にどこまでも巨木が伸びているのが無性に悲しかった。星に突き立てたナイフから始祖鳥が飛び立った。水の上に記された文字から母が生まれた。立ち上がって墓石をめくると長い長い巻物の上を箒を持った童子が歩いてきて眉毛を掃いた。手がどこまでも伸びて行くのを押し止めてくれ。この手が凶暴な鳥首峠の雷を引き裂いて殺したのだ。空に揚げた二本の指を流星が切り取っていった。夕立がナイフのように瞳に突き刺さったところから夜が始まった。永遠に明けることのない夜が始まった。

8

一色森に一匹の妖怪がいる。それは背中の内分泌腺を刺激して森を徘徊した。顔面に鋭い十字の亀裂があった。誰ひとりその顔を見ようとしなかった。地面の底から二本の指が突き出ていた。茸を食べるようにしてそれをむさぼり食った。夜は長かった。永遠に明けなかったから。正午になると決まって緑色の蛇が天から降りてきた。舌の先に竪琴を弾く少年を乗せて。それが唯一の救いだった。癒しだった。竪琴から天使の軍勢が出てきてラッパを吹いた。黙示録の夜を打ち破れ。しかしラッパは次々と食い破られた。魔物が茸を食べるようにしてむさぼり食ったから。戦いは夜の間じゅうつづいた。誰ひとり最後までその音楽を聴くものはなかった。いつも途中でみな天籟に襲われた。その間誰ひとり茸でないものはなかった。魔物は茸を食い盡した。一色森を徘徊する一匹の妖怪がいる。それは背中の内分泌腺を刺激して茸を食い荒してゆく。

9

春なのに大雪の降る日に逝った。オートバイは菜の花畑で死んだ。天に向かって九十度逆立ちしたまま啼いていた。蛍の舞う夜まで睡ろう。港に立って海に祈った。十本の指を空に立てて。白鳥が止まって星を見上げた。指先に天の文字が降りてきて夜の間じゅうキーを打ち続けた。始源の限界まで逝こう。オートバイはゆっくりと海を渡っていった。どうしようもなく懐かしい調べで目覚めた。優しさの橋に虹が架かった。二つのオートバイが四十五度に啼き合いながら虹の橋を渡っていって涙の島となって天と海を繋いだ。

10

旅衣をはためかせて老人は道を急いでいた。一つ歯の高下駄を履いた童子が付き従っていた。どこへ行くのですかそんなに道を急いで。今となってはもう遅いかもしれないが鏡を配りに行くのだ。それを見ると心の真実が写る鏡。心の真実を覗いてどうなるというのですか心なんてコロコロ変わるから心と言うのですよそんな心に真実なんてありませんよ。雲がどこまでも低く垂れ墜ちてきてすべてのものを包み隠した。闇ではなかったが全てが灰色で輪郭を失っていた。おまえが何者であるか誰ひとり問おうとはしなかった。人一人死んでもだれも泣かなかった。誰も迎えに行こうとしなかったのだ。真実はだれにも見えなかったから。

11

北に向かう時身体の芯がキーンとなる。全身が一本の鋭い針となって遠い北極星に向かって一列になる。細胞はみな北に向かって睡っている。古代の死者のように小さな頭を寄せ合って。時折夢の中で流星に寝言を言いながら。北に向かって覚醒準備している。死ぬのではない滅びるのでもない待っているのだ。いつそれが来てもいいように。いつか必ずやって来ることを待ち望んでいる。死ぬのではない滅びるのでもない待っているのだ。いつか必ずやって来る密使を待ち望んでいる。

12

切り離してはならぬ神無月が割れた。神鏡を池に埋めに行った神女は朝まだき行方不明になった。白鷺はどこまでも高く空に翔け上がって喉を裂いて死んだ。墓石から二本の指が突き出て空の眼球を突き破った。天が四十五度に折れ曲がって血を吐いた。地下室に眠る死者たちがその血を啜って嗤った。腔の中の暗黒星雲は不気味に拡がり続けた。どのようにして魂を供養すればよいのか誰も教えてくれなかった。廃墟となった顔を無理やり化粧して女は墓石の上で立ったまま眠った。紫雲に乗って降りて来た花婿は墓帯だけ持って家に帰ってまた睡った。行方不明の神女たちが鳥首峠の断崖に祭壇を設けて海に祈った。祈りを聞き届けたという合図ででもあるかのように海の底から天に向かって雷神が駈け上がった。しかし雷はどこまでも雷だった。空から地下までを紫に切り裂いて弾けただけだった。誰もが深遠の悪意を覗き見た。言葉にならないそれは魂をむさぼり喰う魔物であった。象牙の指はすべて流星と化して十方に千切れ飛んだ。髪の毛は逆立ったまま血の色に燃えた。眼球は火の玉となって森の中を浮遊した。恐ろしいほどの青い空に鳥文字が現われた。文字は白蛇と虚空に消えていった。忿怒の顔が地図となって燃えた。どこからどこまでが国境なのか。二兎は断崖の上に立って行き場を失ったまま身を投げた。境界を持たない都市は互いの増殖を食い合って滅んだ。空に突き立てた孤独な指を烏が垂直に切り落として奈落に運んでいった。待人来たらず。確かに　は来なかったのだ。どこにも救いはなく時じくのかくの実もないのだAルチアよ！

悲の岬　2

深い夜の瞳の底でアンテナは疼いた。音信絶対不能の音源を逆探知したが事切れてしまった悲劇的な預言者を弔う。耳孔の奥でトマトが潰れマグネシウムの閃光が散らばった。神父は手旗信号を使って必死の面持ちで十字を切ったが誰も気にせず通り過ぎた。夜空を染める無関心と逆る涙のような流星。帰って来い。暗号解読が遅れたため避雷針が裂けて粉々に砕けた。もう一歩も先に進めない。三歩退いて倒立したまま巫女は緋袴を翻して昏睡した。懐かしさこそ誘惑の手口なのに。忘れるな。未来を覗く窓が指揮棒で激しく割られていた。空に向かって牛乳を撒き散らした。ハレルヤを叫びながら白色驟雨に撃たれ南十字星に内臓を鷲摑みされたまま遠くの遠くまで嘆きの河を渡って往く。その日始祖鳥は翔ぶ空を切なく探した。

死後線を　漕ぎ渡り往け　常世舟

常世《とこよ》の時軸《ときじく》

著者
鎌田東二《かまたとうじ》
発行者
小田久郎
発行所
株式会社思潮社
〒一六二―〇八四二　東京都新宿区市谷砂土原町三―十五
電話〇三（三二六七）八一五三（営業）・八一四一（編集）
ＦＡＸ〇三（三二六七）八一四二
印刷所
三報社印刷株式会社
製本所
小高製本工業株式会社
発行日
二〇一八年七月十七日